# 귀여운 것들이 우리를 구원해줄 거야

**초판 1쇄 발행** | 2021년 11월 15일

**지은이** 하효정
**발행인** 한명선

**편집** 김종숙 **마케팅** 배성진 **관리** 박미실
**디자인** 모리스

**주소** 서울시 종로구 평창길 329(우편번호 03003)
**문의전화** 02-394-1037(편집) 02-394-1047(마케팅)
**팩스** 02-394-1029
**전자우편** offcourse_book@daum.net
**인스타그램** instagram.com/saeumbooks

**발행처** (주)새움출판사
**출판등록** 1998년 8월 28일(제10-1633호)

© 하효정, 2021
ISBN 979-11-90473-68-2 03810

- 잘못된 책은 바꾸어 드립니다.
- 책값은 뒤표지에 있습니다.

# 귀여운 것들이 우리를 구원해줄 거야

하효정 글·그림

뜻밖

작 가 의　　말

귀여운 것들의 이로움은
생각보다 우리 생활 곳곳에서 발견할 수 있다.
방긋 웃음을 짓는 아기와 눈이 마주치기만 했는데도
미소를 짓게 되는 경험이 있다면 공감할 것이다.
귀여움은 아기의 웃음처럼 이유 없이 우리를 미소 짓게 만들고,
무채색이던 일상에 핑크빛을 드리우게 한다.

나는 『귀여운 것들이 우리를 구원해줄 거야』를 보고 있을 독자들 또한
이유 없이 미소를 짓고 있는 상상을 하며 책을 집필했다.
귀여운 것은 이제 취향이 되었고,
취향을 공유하는 행복을 우리는 지금 함께 느끼고 있다.

꾸벅꾸벅 졸고 있는 고양이가 발걸음을 멈춰 세우고,
종종걸음으로 산책하는 강아지가 시선을 멈춰 세우는 것처럼
이 책 앞에서 멈춰 세워진 사람이 있다면,
귀여운 것들이 전하는 핑크빛에 드리워지기를 바라본다.

엄마, 나 용돈 좀…

털갈이하고 나면 독립하거라.

주말을 알차게 보내는 방법


1. 눕는다.

2. 눕는다.

3. 1번과 2번을 반복한다.

토끼 같은 여친?

그런데 말입니다.
암토끼는 싸울 때 수토끼의 얼굴을
초당 다섯 번 때릴 수 있다고 합니다.

서핑은 처음이지만 자세만큼은 자신 있어.

Seal _ 바다표범

온종일 이 안에 있을 수 있는걸?

Cat _ 고양이

내 사랑 샤인머스캣.

한 알도 놓치지 않을 거예요.

제로 웨이스트 실천 중!
비닐봉지가 필요 없어요.

바쁘다. 바빠!
손이 열 개라도 부족하겠네.

Octopus _ 문어

북위 66도 33분 북극

실온 −30도
체감 온도 36.5+36.5도

너만 알아주면 돼.

내가 여기 있다는 걸.

Cat _ 고양이

Duck_ 오리

얘들아,
발 닦고 자야지!

주말엔
뒹굴거리는 게 최고야!
리모컨 좀 던져줄래?

패션의 완성은 모자!

겨울에는 창가 일광욕을 즐겨요.

Cat _ 고양이

도넛 배달 시키신 분?

Elephant _ 코끼리

아시죠?

살찐 게 아니고 털찐 거예요!

케케케, 내가 이 구역의 빌런이다!

Mole _ 두더지

놀이일까?

공부일까?

Lion _ 사자

풍성해지고 싶어?

시원하다.

열심히 모아놓고
맛있게 먹을 거다~람쥐.

Squirrel _ 다람쥐

느림이 내 장수의 비결.

하지만 거북구조대는 느릴 수 없지.

사실 롱패딩은

Dachshund _ 닥스훈트

날 위해 만들어졌다고.

아줌마 파마로 부탁해요!

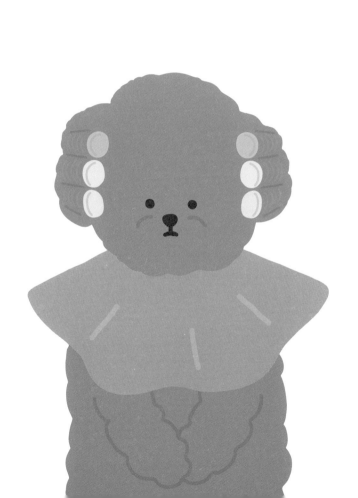

우리가 이 구역 최고의 오지라퍼.

꼰대가 되지 않도록 선을 잘 지키는 게 포인트!

Blue-footed booby _ 푸른발부비새

당근을 끊어야 할 텐데.

쉽지 않네.

Rabbit _ 토끼
* 당근은 당분이 너무 많아 토끼에게 해롭다고 하네요.

선생님!

캐스터네츠 연습 안 하고

몰래 도시락 까먹는 애 있어요!

Sea Otter _ 해달

딱! 딱! 딱!

공사 중이니 안에 계신 분들은 나와주세요.

Woodpecker _ 딱따구리

난… 사실 바나나보다 자몽을 더 좋아해.

흔들리는 꽃들 속에서,
네 샴푸향이 느껴진 거야.

어른이 되고 싶지 않아.
미소를 잃을지도 모르거든.

Axolotl _ 아홀로틀
✳ 어른으로 성장하지 않고 어린 모습 그대로 자라는 멕시코도룡뇽이에요.

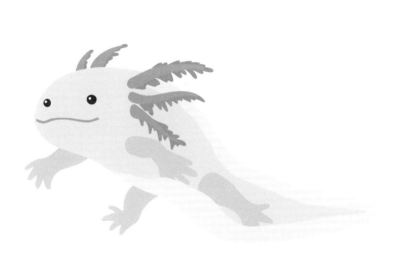

크아앙! 무섭지?

나마스떼.

나에게 불면증이 없는 건 요가와 명상 덕분이야.

귀여운 엄마 안에 더 귀여운 아기가 쏙!
행복해서 웃는 게 아니라 웃어서 행복하답니다.

Quokka _ 쿼카
＊ 쿼카는 '세상에서 가장 행복한 동물'이라는 별명이 있다네요.

한강에선 역시 자전거!
다음엔 일인용으로 두 개 빌리자.

너 이거 돼?

Shiba Inu _ 시바견

손이 가요, 손이 가!
새우깡에 손이 가요오오옷! 돌격!

패셔니스타라면

스트라이프는 기본템 아니겠니?

비나이다, 비나이다.
오늘도 물고기 많이 잡게 해주세요.

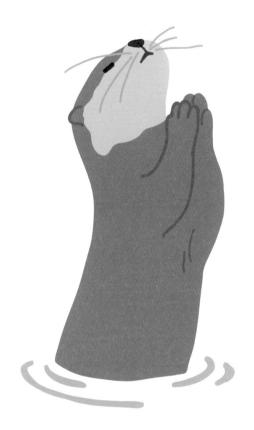

입 작은 해님.

Bichon Frise _ 비숑 프리제

잠깐 졸았을 뿐인데.

오늘 저녁은 낙지.

Adelie Penguin _ 아델리펭귄

거리 두기 잊지 말고.

날이 좋아서
날이 좋지 않아서
모든 날이 좋았다.

Dog _ 개

돼지가 딸기에 빠진 날.

나뭇가지에

새처럼

날아든

~

Caudatus _ 흰머리오목눈이
* '세상에서 가장 귀여운 새'라는 별명을 가졌다네요.

세자, 역변은 아니되십니다.

점프하면 날아가는 기분이 들어.

Lamb _ 새끼 양

열심히 비행한 당신,

먹어라.

나랑,

별 보러 가지 않을래?

누가 송편을 빚었을까요?

Cat _ 고양이

그 많던 땅콩은 누가 다 먹었을까.

Squirrel _ 다람쥐

**흰 코트를 입을 수 있는 겨울이 좋아.**

Ferret _ 흰족제비
＊ 겨울에는 흰색으로 여름에는 검은 밤색으로 털색이 변한다고 해요.

Valais blacknose Sheep _ 흑비양

너무 귀여워 인형인 줄!

드디어 바디 프로필 촬영 날.

몸 만드느라 힘들었다….

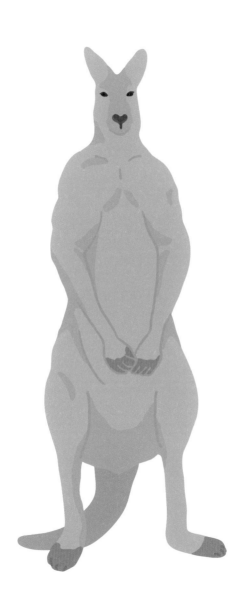

멍 때리기 대회 1등은 바로 나!
가끔은 아무 생각 안 하는 것도 좋아요.

Cat _ 고양이

집에 안 갈래!
산책 더 할래!

저는 배가 고프면 침을 뱉어요.

당신도 배가 고프면 화가 나나요?

얼음 위를 날아다니는 마법의 새.

마법에서나 볼 수 있을 날이 머지 않았네요.

자는 거 아니고
운동하는 거.

자는 거 아니고
요리하는 거.

크리스마스는
크리스마스라서
기분이 좋아.

Polar Bear _ 북극곰

오리의 꿈.

날아라, 슈퍼보드.

한겨울 잇템은 역시

어그 부츠.

이제는 우리가 헤어져야 할 시간,

다음에 다시 만나요!

Giraffe _ 기린